Limonow

Emmanuel Carrère

Limonow

Emmanuel Carrère

Verfasst von Valérie Nigdélian-Fabre
Übersetzt von Gerda Fischer

DER QUERLESER

Auf derQuerleser.de findest Du:
Zahlreiche verständliche und detaillierte Lektürehilfen in Nullkommanichts in digitaler Version oder als Taschenbuch.

EMMANUEL CARRÈRE

SCHRIFTSTELLER, DREHBUCHAUTOR UND REGISSEUR

- 1957 in Paris geboren
- Einige seiner Werke:
  - *Das Schneeklassenzimmer* (1995), Roman
  - *D'autres vies que la mienne* (2009), Roman
  - *Limonow* (2011), Roman

Emmanuel Carrère wurde 1957 in Paris geboren und ist Schriftsteller, Drehbuchautor und Regisseur. Der Sohn der auf Russland spezialisierten Historikerin und Akademikerin Hélène Carrère d'Encausse begann als Filmkritiker, bevor er 1983 mit seinem ersten Roman L'Amie du jaguar (Der Jaguarfreund) zur Belletristik wechselte. Seitdem veröffentlicht er bei POL und erhielt 1995 den Prix Fémina für La Classe de neige. Seit L'Adversaire (2000), der den Fall Jean-Claude Romand nachzeichnet, hat Emmanuel Carrère die Fiktion beiseite gelassen und sich dem Schreiben von Dokumentarfilmen und Kurzgeschichten gewidmet, wie etwa Un roman russe (2007) oder D'autres vies que la Mienne (2009). Nachdem er als Drehbuchautor für Fernsehfilme gearbeitet hatte, wurde er selbst zum Regisseur, als er 2005 seinen Roman „Der Schnurrbart" fürs Kino adaptierte.

LIMONOW

LIMONOW ODER DAS PORTRÄT EINES GIGANTISCHEN MANNES

- **Genre:** Autofiktion
- **Referenzausgabe:** Limonow, Paris, P.O.L., 2011, 496 S.
- **1re Auflage:** 2011
- **Thematisch:** Untersuchung, Gewalt, Russland, Geschichte

Limonow, 2011 erschienen und im selben Jahr mit dem Prix Renaudot ausgezeichnet, ist das zwölfte Buch der Autorin. Limonow setzt das Familieninteresse der Carrères an Russland fort und porträtiert eine bemerkenswerte Figur des zeitgenössischen Russlands, die Carrère bei zahlreichen Gelegenheiten getroffen hat: Édouard Limonow, der gleichzeitig ein angesehener Held, ein charismatischer Dissident und ein neofaschistischer Schläger in Russland ist. Auf halbem Weg zwischen Forschung und Fiktion, Geschichtsbuch und Abenteuerroman versucht Limonow, das Geheimnis von Carrères Faszination für diese komplexe Figur zu lüften und gleichzeitig die Geschichte Russlands seit dem Zweiten Weltkrieg, dem Fall des Kommunismus und dem Fall der Berliner Mauer nachzuzeichnen.

ZUSAMMENFASSUNG

DIE ERMITTLUNGEN GEGEN EDUARD LIMONOW

Emmanuel Carrère wurde 2006 nach der Ermordung von Anna Politkowskaja, einer Journalistin und bekennenden Gegnerin des damaligen Ministerpräsidenten Wladimir Putin, nach Russland geschickt. Beim jährlichen Gedenken an das Massaker am Dubrovka-Theater erkannte er Édouard Limonow, den er Anfang der 1980er Jahre in Paris kennengelernt hatte.

GUT ZU WISSEN: THEATERMASSAKER VON LADOUBROVKA

On 23 Oktober 2002 nahmen etwa 50 tschetschenische Rebellen 850 Zuschauer im Moskauer Dubrovka-Theater während eines Musicals für junge Leute als Geiseln. O 26 Oktober beendeten russische Streitkräfte die Geiselnahme gewaltsam und töteten 39 Terroristen und mindestens 129 Geiseln.

Ist Limonow „ein hässlicher Faschist, der eine Skinhead-Miliz anführt" oder „der Held des demokratischen Kampfes in Russland" (S. 20)? Carrère beschließt, Nachforschungen anzustellen. Das Ziel: „Diese Bilder in Einklang zu bringen: den Schriftsteller-Voyou, den ich einst kannte, den gejagten Guerillakämpfer, den verantwortungsvollen Politiker, den Star, dem die Boulevardzeitung verliebte Artikel widmete." (S. 30) Er will auch die Frage beantworten, ob Limonow wirklich ein „Bastard" ist (S. 35).

VON DER KINDHEIT BIS ZUM ERWACHSENEN

Édouard Savenko wurde am 2. Februar 1943 geboren. 1947 zog seine Familie nach Charkow (Ukraine). Er ist ein junger Gauner, der durch seine Entdeckung der Literatur (Romain Rolland, Jack London, Knut Hamsun) poetische Ambitionen entwickelt. Fünf Jahre später ist er jedoch weder Gauner noch Dichter, sondern Gießer in der Fabrik. Nach einem Selbstmordversuch und der Einweisung in eine Nervenheilanstalt wurde er Verkäufer im Buchladen 41, wo sich alle dekadenten Künstler und Dichter von Charkow trafen. Er beginnt wieder zu schreiben und zieht bei Anna Moissejewna Rubinstein ein, der Hauptverkäuferin von 41, die seine Geliebte geworden ist. Er erfindet einen Namen: Ed Limonow, als „Hommage an seine säuerliche und streitsüchtige Stimmung, denn limons bedeutet Zitrone und Limonkagranate – derjenige, der die Feder zieht" (S. 85). Später lernt er den aus Moskau stammenden Maler Broussilovski kennen, der dort sein Beschützer wird.

Limonow, der 1967 nach Moskau zog, besuchte das Lyrikseminar von Arseniy Tarkovsky (Vater des Filmemachers Andrei) und debütierte als Dichter im Moskauer Untergrund. Anna wird in eine psychiatrische Anstalt eingewiesen und kehrt später nach Charkow zurück. Limonow heiratet Elena, die er in Broussilovskij kennengelernt hat. Sie werden wegen Dissidenz, genauer gesagt wegen „überzeugtem Antisowjetismus" des Landes verwiesen.

Er ging nach New York, wo er für eine russische Tageszeitung arbeitete und auf schicken Partys abhing. Anfang 1976 verließ Elena ihn für einen Fotografen. Die Zeit des Glitzerns ist vorbei: Eduard wohnt in einem schäbigen Hotel, wird aus Trotz homosexuell, liest Trotzki und beginnt wieder zu schreiben – keine Gedichte mehr, sondern ein Bericht über das Erlebte, der zu Ich, Editschka wird. Der Roman erschien im Herbst 1980 unter dem Titel, den Jean-Jacques Pauvert, der Herausgeber der Surrealisten und des Marquis de Sade, ihm gegeben hatte: Le poète russe préfère les grands nègres (Der russische Dichter bevorzugt große Neger).

Limonow trifft Jenny, die Haushälterin des Milliardärs Steven Grey, und vertritt sie ein Jahr lang in dieser Position.

ENGAGEMENT

Emmanuel Carrère erzählt von seiner eigenen Jugend und dem Ruhm seiner Mutter, die als Expertin für die sowjetische Welt galt. Fasziniert von Limonows Leben, im Vergleich zu dem sein eigenes zunehmend „stumpf und mittelmäßig" (S. 221) erschien, interviewt Carrère den Autor für das Radio, als das Tagebuch eines Versagers erscheint und Limonow zum „kleinen Star" (S. 230) wird Paris.

Als Limonow 1982 von seinem amerikanischen Verleger nach New York eingeladen wurde, brachte er Natasha Medvedeva mit, eine Sängerin, Alkoholikerin und Nymphomanin, die er später heiratete. Gleichzeitig lernt er Jean-Edern Hallier kennen, der gerade L'Idiot International wiederbelebt hat, eine von Links- und Rechtsextremisten bevölkerte Skandalzeitung. Limonow wird daraufhin nach Moskau eingeladen, wo er mit Abscheu ein freies Russland entdeckt, das dem Geld und der Mafia unterworfen ist. Er macht sich auf die Suche nach Natascha, die in der Stadt verschwunden ist.

1991 meldete sich Carrère aus Jugoslawien. Nach seiner Rückkehr verfasste er eine Biografie über Philip K. Dick und verfolgte aus der Ferne die Entstehung des serbo-kroatischen Konflikts. Er berichtet auch über den Putsch in Russland im August 1991, bei dem das Militär ver-suchte, Boris Jelzin zu stürzen, und über die Einstellung der Aktivitäten der Kommunistischen Partei.

Als Limonow nach Belgrad eingeladen wird, um eines seiner Bücher zu veröffentlichen, bringen ihn serbische Soldaten ins Herz des Konflikts. Dann beschließt er, ihre Sache zu unterstützen, was ihn „von einem charman-ten Abenteurer zu einem Beinahe-Kriegsverbrecher unter seinen Pariser Freunden macht" (S. 320).

Limonow trifft Alexander Dugin, einen Philosophen und Faschisten. Zusammen gründeten sie die National-bolschewistische Partei und die Zeitung Limonka. Daraufhin wandelt er sich vom Schriftsteller zum

„Berufskämpfer und [zum] Berufsrevolutionär" (S. 351). Einige Monate später trifft Emmanuel Carrère Zakhar Prilepin, ein Mitglied der Nationalen Bolschewistischen Partei.

Nach Jelzins Wahlsieg ging Limonow nach Belgrad und meldete sich als Soldat bei den Serben: Er nahm an mehreren Guerillaaktionen teil.

Als er 1994 nach Moskau zurückkehrte, entdeckte er, dass er dort ein berühmter Schriftsteller war. Sein Aufenthalt in der Heimat war nur von kurzer Dauer, denn als Putin zum Präsidenten von Russland gewählt wurde, reiste er zum Überlebenstraining ins Altai-Gebirge in Kasachstan. Er wird von einer Spezialeinheit festgenommen.

DIE HAFT

Limonow ist in Lefortowo inhaftiert, „wo die gefährlichsten Staatsfeinde untergebracht sind" (S. 434). Ihm wird Terrorismus, Organisation oder Teilnahme an einer bewaffneten Bande, Erwerb, Transport, Verkauf oder Lagerung von Schusswaffen und Anstiftung zu extremistischen Aktivitäten vorgeworfen.

Schließlich wurde er zu vier Jahren Gefängnis verurteilt und in das Arbeitslager Engels verlegt, in dem die Lebensbedingungen sehr hart sind. Am 3. Februar 2003 erfuhr er vom Tod seiner Ex-Frau Natasha, die zu einer Figur des Alternative Rock geworden war.

Einige Zeit später wurde er vor laufenden Fernsehkameras vorzeitig aus der Haft entlassen. Auf diese Weise wurde Limonow „in seinem Land zu dem Star, von dem er geträumt hatte: ein verehrter Schriftsteller, ein modischer Guerilla, ein guter Kunde für die Boulevardpresse" (S. 475).

Am Ende dieser vierjährigen Untersuchung gibt Emmanuel Carrère zu, dass es ihm nicht gelungen ist, die Mehrdeutigkeit der Figur aufzulösen. Limonow bleibt also eine äußerst komplexe Person, die in viele verschiedene Rollen schlüpfen kann.

CHARAKTERSTUDIE

LIMONOW

Brillant und unkonventionell ist er „eine lebende Legende" (S. 32). Aber abgesehen davon ist es schwierig, ihn zu beschreiben: Er ist eine überaus komplexe Persönlichkeit mit vielen Facetten. Dichter und Politiker, Soldat und Kammerdiener, Machthaber und Clochard, Faschist und Demokrat – sein Leben führt wie er selbst an den Extremen vorbei – vom Elend zum Ruhm, von der Politik zum Kunstbetrieb, von der Fabrik zum Gefängnis. Sie macht ihn zum Helden eines modernen, gewalttätigen und faszinierenden Abenteuerromans.

Dieses heroische – und doch fiktive, schwüle, mutige und talentierte – Leben ist das, wovon Limonow als Kind geträumt hat: Als kleiner Junge „will er nicht wie sein Vater sein, wenn er groß ist. Er will kein ehrliches und ehrliches Leben ein bisschen dummes Leben, aber ein freies und gefährliches Leben: ein Leben als Mann" (S. 53). Es wird ein Leben als Gauner geben, aber niemals das eines „zweiten Messers" (S. 63): das eines „Königs der Verbrechen" (S. 63). Diese sehr romantische Sicht auf das Leben, die materielle Umstände ignoriert, und ständige Beteuerungen von Rechtschaffenheit und innerem Adel machen Limonow zu einer wunderbaren Verkörperung des Helden. Andererseits ist es wohl gerade diese Fähigkeit, seine Träume nicht zu verraten, die den Charakter so charismatisch macht, weit entfernt von der Halbherzigkeit und angepassten Lauheit des gewöhnlichen, bequemeren Lebens.

Sein Streben nach öffentlicher Anerkennung, seine Berufung als Bandenführer und seine Leidenschaft für hübsche Frauen verleihen ihm einen fast kindlichen und liebenswerten Charakter. Wie kann er also dieser unsympathische Typ sein, der gleichzeitig die Schwachen verachtet und die Mächtigen beneidet, fasziniert von roher Gewalt und besessen von Männlichkeit? Carrère findet schließlich eine Definition: Limonow ist „ein wundersames Wesen, das zu monströsen Taten fähig ist" (S. 386).

CARRÈRE

Das Selbstporträt, das Carrère zaghaft skizziert, ist der absolute Kontrapunkt zu Limonows Charakter:

* Sie kommen aus unterschiedlichen sozialen Verhältnissen (Carrère porträtiert sich selbst als jungen Bourgeois mit einer stagnierenden literarischen Karriere, erdrückt von Limonows Pariser Erfolg in den frühen 1980er Jahren);

* Sie folgen unterschiedlichen Pfaden (Carrères Pfad ist vorbestimmt, linear, vorhersehbar, während Limonows Pfad unwahrscheinlichen Umwälzungen folgt);

* Sie entwickeln unterschiedliche politische Sensibilitäten (Carrère, der Demokrat, kann nicht anders, als sich über Limonows neofaschistische Tendenzen zutiefst zu ärgern, zumal sie völlig offen sind).

Dennoch gibt es Parallelen: Abgesehen von Anekdoten teilen Limonow und Carrère die Fähigkeit, die Welt zu lesen und nach dem Prinzip des Stärkeren zu ordnen.

- Limonow unterwirft sich diesem faschistischen Raster vollständig: Es prägt sein Weltbild und stärkt sein Machtstreben. Fasziniert von Männlichkeit und männlicher Brüderlichkeit träumt er davon, dem bescheidenen, ja mittelmäßigen Leben zu entfliehen, das ihm seine Herkunft versprochen hat; er wird „von der Angst gequält, zur zweiten Kategorie zu gehören" (S. 221). Sein Lebensweg muss daher alles andere als gewöhnlich sein: Was er tut (Poesie oder Politik), tut er mit Exzess, Elan und Einzigartigkeit.

- Carrère hingegen steht ausdrücklich auf der Seite der Besiegten, unfähig zur Extravaganz seiner Thematik: Sein seltsames Beharren im gesamten Text auf dem Vergleich mit Limonow spiegelt jedoch die gleiche Tendenz wider, Menschen zu klassifizieren – die Mächtigen und das sonst – und vor allem die gleiche Faszination für das Mächtige. Und gleichzeitig wird der Leser gezwungen zu hierarchisieren. Aber für Carrère, wie für uns, geht es im Gegenteil nicht darum, sich von dieser natürlichen Tendenz zur Hierarchisierung zu befreien, wie das folgende buddhistische Zitat zeigt: „Der Mensch, der sich einem anderen Menschen über-legen, unterlegen oder sogar gleich sieht versteht die Realität nicht" (S. 227)? Aus diesem dualistischen Weltbild auszubrechen, hieße nach Carrère also, Weisheit zu gewinnen.

SCHLÜSSEL EINLESEN

DIE GESCHICHTE RUSSLANDS

Gewalt ist der rote Faden, der sich durch Carrères langes Porträt Russlands zieht. Armut, Analphabetismus und Alkoholismus blühten in den riesigen Trümmern auf, die das Land nach dem Zweiten Weltkrieg darstellten (26 Millionen Sowjetbürger starben im Krieg, und die gleiche Zahl wurde obdachlos). Um Russland in dieser Zeit zu verstehen, ist es jedoch wichtig, noch weiter in der Geschichte des Landes zurückzugehen.

Von der Russischen Revolution 1917 bis zu Stalins Tod 1953

Mit der Russischen Revolution von 1917 stürzten die Bolschewiki das zaristische Regime und errichteten die Diktatur des Proletariats mit der Losung „Fabriken für die Arbeiter, Land für die Bauern, Frieden für die Völker!". Nach Lenins Tod im Jahr 1924 leitete Joseph Stalin mit seinem Aufstieg an die Spitze der Kommunistischen Partei zwischen 1927 und 1929 eine brutale und radikale Transformation der sowjetischen Gesellschaft ein. Innerhalb weniger Jahre veränderte sich das Gesicht der UdSSR grundlegend durch die Kollektivierung der Landwirtschaft und Industrialisierung. Die wirtschaftliche Modernisierung des Landes erfordert jedoch die Auferlegung oder Akzeptanz enormer Arbeitsanforderungen, und der gesellschaftliche Wandel wird von einer Politik massiver Repression begleitet. Diese

Politik, die von Millionen von Opfern bezahlt, aber vom Regime im Rahmen der totalen Indoktrination sorgfältig verschwiegen wird, läutet eine lange Zeit des Terrors und der Denunziation ein, die insbesondere durch die großen Säuberungen und die enorme Ausweitung der Zwangsarbeitslager (Gulag) gekennzeichnet ist . ist.

Das Regime von Nikita Chruschtschow (1953-1964)

Als Stalin 1953 starb – was das Land paradoxerweise in Verzweiflung stürzte – war die stalinistische Repression in vollem Gange. Mit Nikita Chruschtschow, der von März 1953 bis Oktober 1964 Erster Sekretär der Kommunistischen Partei der Sowjetunion war, entspannte sich das Regime. Im gleichnamigen Bericht, der auf dem XX. Parteitag 1956 verlesen wurde, geht es um den Personenkult unter Stalin wurde angeprangert und die stalinistische Unterdrückung anerkannt. Chruschtschow präsentiert sich als Hauptinspirator der Politik der inneren Entstalinisierung und der äußeren friedlichen Koexistenz.

1962 erhielt die UdSSR einen echten Elektroschock mit der Genehmigung der Veröffentlichung von Solschenizyns (einem russischen Schriftsteller und Dissidenten, der sich der sowjetischen Unterdrückung widersetzte) ersten Titel, Ein Tag von Iwan Denisowitsch: „Kein [Buch], sondern zehn Jahre später Der Gulag Archipelago hat in diesem Ausmaß und wahrhaftig den Lauf der Geschichte verändert." (S. 89) Es ist die Zeit des Tauwetters und der Denunziation der Lager, in denen während der 25-jährigen Herrschaft Stalins

20 Millionen Russen gestorben sein sollen. Der Gulag-Archipel tauchte 1974 in Frankreich und den Vereinigten Staaten auf und erklärte, dass „der Gulag [...] keine Krankheit des Sowjetsystems ist, sondern sein Wesen und sogar sein Zweck" (S. 129).

Von 1964 bis zum Zusammenbruch des Ostblocks

Von Leonid Breschnew bis Juri Andropow und Konstantin Tschernenko bis Michail Gorbatschow zeichnet Carrère die aufeinanderfolgenden Regierungen der UdSSR von 1964 bis 1991 auf, die von engstirnigem Konservatismus bis zum Wunsch nach Glasnost (Transparenz) reichten. Schließlich leitete der reformorientierte Gorbatschow (an der Macht von 1985 bis 1991) die wirtschaftliche, kulturelle und politische Liberalisierung der UdSSR ein – die sogenannte Perestroika. Durch die Erschließung der Geschichte bewirkte er den Zusammenbruch und die Auflösung des Ostblocks.

Tatsächlich trat die russische Wirtschaft mit der Machtübernahme von Boris Jelzin, dem ersten Präsidenten der neu benannten Russischen Föderation (von 1991 bis 1999), in die Phase der Liberalisierung ein, „ohne Spielregeln, ohne Gesetze, ohne Bankensystem , ohne Steuern" (S. 336): „Für eine Million schamloser Menschen, die [...] begannen, sich wie wild zu bereichern, stürzten hundertfünfzig Millionen schamloser Menschen ins Elend." (S. 338) Seine Arbeit wird von einer Mehrheit der Russen negativ bewertet: Die massiven Privatisierungen, der Versuch eines abrupten Übergangs zur Marktwirtschaft, die Korruption in den höchsten Machtkreisen und die Medienkriege zwischen politischen und wirtschaftlichen Konkurrenten erklären, unter anderem die Gleichgültigkeit und Missbilligung, die das russische Volk ihm gegenüber empfand.

Schließlich geht Carrère auf die Ursprünge des Tschetschenien-Konflikts 1994 und die Machtübernahme Wladimir Putins 2000 ein, der das Land mit eiserner Faust regiert und jede demokratische Opposition zerschmettert.

FASCHISMUS UND DIE VERWIRRUNG DER IDEOLOGIEN

Wie kann man der Gründer einer faschistischen Partei, der Nationalbolschewistischen Partei, sein und sich mit den Demokraten des anderen Russlands verbünden, bis man als einer der letzten ernsthaften Gegner Wladimir Putins anerkannt wird? Wie kann man die Rückkehr Stalins fordern und gleichzeitig die Demokratie beschwören? Radikal entgegengesetzte Positionen, die dennoch vom selben Mann vertreten werden, Limonow. Wie lässt sich das erklären?

In Wirklichkeit füllte nichts das Vakuum, das der Fall der Mauer und der Zusammenbruch des Sowjetsystems hinterlassen hatten; nichts hat der Disqualifizierung der kommunistischen Ideologie einen Sinn gegeben, insbesondere nicht die Diktatur des Marktes, seine Ungerechtigkeit und sein Zynismus. Daraus erwächst eine tiefe Verwirrung und eine offensichtliche Sehnsucht nach einer Zeit, in der die Dinge noch Sinn machten und die Menschen stolz auf sich und ihr Land waren. Der Faschismus ist die Antwort auf diese Verwirrung, da er die Unsicherheiten und Fragen zurückweist, die dem demokratischen Fortschritt innewohnen: Vor allem gibt der Faschismus einfache und endgültige Antworten, die es ermöglichen, die Realität leichter zu verstehen und ihre Komplexität zu reduzieren.

Aber mehr als ein echter Faschist ist Limonow in erster Linie ein Gegner jeglichen Systems, und seine Nasbol sind vor allem Überbleibsel, Revolutionäre, die oft der russischen Gegenkultur angehören. Limonow ist mehr als ein wahrer Faschist, ein Riesenpunk, der mit Provokation und Aggressivität spielt und Lebensenergie, Stärke und Männlichkeit preist. Seine Fähigkeit, nicht zu zweifeln, und seine Integrität machen ihn zu einem kindlichen und heldenhaften Charakter: mit einem Wort, faszinierend.

DIE RUSSISCHE LITERATURSZENE

Nach einer relativen kreativen Freiheit zwischen 1918 und 1929 – Jahren, die vom Futurismus oder Expressionismus geprägt waren – wurde die russische Kunstszene unter der stalinistischen Regierung stark unterdrückt, die gewaltsam versuchte, den Stil des sowjetischen Realismus durchzusetzen, der aus einer fragwürdigen Verbindung von Kunst und Ideologie bestand und Politik existierte. Die offizielle Kunst wurde dann zu einer Unterstützung der von der Regierung umgesetzten Politik und zu einem echten Propagandainstrument. Kunst wird proletarisch oder nicht:

Alle anderen Tendenzen wurden als Wiederauferstehung der bürgerlichen Kunst gesehen und deshalb stark unterdrückt. Zensiert, wurden viele Schriftsteller eingesperrt und getötet oder verhungert, wie Ossip Mandelstam, Isaac Babel und Boris Pilniak. Andrei Platonov hingegen arbeitete als Hausmeister und durfte nicht veröffentlichen.

Einfühlsam beschreibt Carrère die russische Literaturszene, entschlüsselt ihre Widersprüche und Feinheiten. So wird deutlich, dass die Trennung zwischen der von der Politik gezähmten offiziellen Literatur und der freien, authentischen und streitsüchtigen Untergrundkultur vielleicht noch nie so ausgeprägt war wie im Sowjetsystem. Das Funktionieren des bürokratischen, paranoiden und repressiven Systems hat eine Verwirrung zwischen der literarischen und der politischen Sphäre geschaffen, wie gerade im vorherigen Abschnitt beschrieben: Durch Zensur hat das System Autoren und Werke verweigert, die in den sehr starren Rahmen des sowjetischen Realismus passen zum Ritter geschlagen; durch Zensur wird ein Autor offiziell – „Erfolg […] identifiziert [einen Dichter] eindeutig als verkauft und einen Betrug" (S. 79) – oder nicht – „Der Vorteil der Zensur ist, dass man ein Autor ist, der dies nicht tut etwas veröffentlichen, ohne in den Verdacht zu geraten, unbegabt zu sein, im Gegenteil." (S. 79) Der Mythos vom verfluchten Autor erlebte seine größten Momente: „Das Genie muss nicht nur missverstanden, sondern auch betrunken, wahnhaft und sozial unangepasst sein" (S. 80), wobei ein Aufenthalt in einer psychiatrischen Klinik als „Patent auf Dissidenz"(S. 80) gilt.

Jeder etablierte, respektierte und wohlhabende Künstler wird dann der Unehrlichkeit verdächtigt, während „ein authentischer Künstler [notwendigerweise] ein Versager ist" (S. 113).

DIE FRAGE DES GESCHLECHTS

Der Titel des Buches, dieser nüchterne Limonow, verankert das Werk auf den ersten Blick im Bereich der Biographie. Ob es hagiographisch oder kritisch ist, ist nicht die Frage (es ist übrigens beides), aber die Behauptung des Genres wird durch die ständigen Abschweifungen des Autors getrübt.

Carrère greift auf mehreren Ebenen in den Text ein:

- Erstens ist er der ehrliche Mann, der Limonows Mehrdeutigkeit, Komplexität und unbestreitbaren Charme in Frage stellt. Diese Faszination für Limonow ist im wahrsten Sinne des Wortes verstörend. Sie stört Carrère, der nicht versteht, wie diese Figur, die Werte verkörpert, die so weit von seinen eigenen entfernt sind, sich als so attraktiv erweisen kann; es erschüttert seine Gewissheiten und zwingt ihn, seine Vorurteile zu hinterfragen. Gleichzeitig verstört diese Faszination den Leser, der zudem gezwungen ist, sich von all seinen Automatismen zu lösen;

- Andererseits ist er durch die autobiografischen Bezüge, die er in den Text einfließen lässt, der umgekehrte Spiegel der Figur Limonows, der Figur des Durchschnittsmenschen, der alles gegen den Helden hat. Diese unerwartete Präsenz unterbricht die traditionelle Linearität der Biografie und widerspricht der vermeintlichen Hingabe des Biografen an sein Thema - umso mehr, als Carrère auch eine Figur in der Erzählung ist;

- Schließlich ist er auch als Autor präsent, konfrontiert mit den Schwierigkeiten, auf die er beim Schreiben gestoßen ist - Schwierigkeiten, die er mit uns teilt, indem er seine Karriere als Journalist, seine dokumentarischen und literarischen Quellen und seine Verlegenheit, einige Episoden aus Limonows Leben, um nicht zu erwähnen, erklärt , erwähnt.

Diese Präsenz des Autors in einem einem anderen gewidmeten Buch ist ein wiederkehrendes Element in Carrères Schreiben seit L'Adversaire: Thema eines jeden Buches ist daher nicht so sehr die angekündigte Biographie dieser oder jener Person, sondern die Interaktion, die zwischen ihnen stattfindet Person und Autor erfolgt.

Auch das Verwischen der Spuren zwischen Fiktion und Realität wird hinterfragt: Seit the Adversary ist dies auch eine wichtige Konstante in Carrères Schreiben. Der dokumentarische Charakter von Limonow ist unbestreitbar (vierjährige Untersuchung), aber dieses Rohmaterial wird durch den Filter der Subjektivität des Autors geleitet, der die Realität rekonstruiert.

STOFFE ZUM DENKEN

EINIGE FRAGEN, UM IHRE ÜBERLEGUNG ZU VERTIEFERN...

- Emmanuel Carrère beginnt mit diesem Zitat von Wladimir Putin: „Wer den Kommunismus wiederherstellen will, hat keinen Kopf. Wer ihn nicht bereut, hat kein Herz". Zur russischen Zeitgeschichte: Kommentar.

- Wie in allen Büchern von Emmanuel Carrère seit The Adversary ist alles real, nichts erfunden. Dennoch präsentiert Carrère seinen Limonow als das romanhafteste Buch seiner Laufbahn. Erklären.

- Wie greift der Biograf in die Autobiografie ein?

- Die Faszination (eine Mischung aus Anziehung und Abstoßung) für Limonow wird von einem unverhohlenen Masochismus in den autobiografischen Informationen begleitet. Was denken Sie, was Carrères Projekt ist?

- Wie können die Extreme in der Politik trotz radikal gegensätzlicher Positionen zusammenfinden?

- Ist ein Held unbedingt ein positiver Charakter?

- Ist ein Bourgeois notwendigerweise eine negative Figur?

UM WEITER ZU GEHEN

REFERENZAUSGABE

CARRÈRE E., *Limonow*, Paris, P.O.L Éditeur, 2011.

Emmanuel Carrère erhielt den Prix de la langue française 2011 für Limonow. Nachdem er beim Goncourt nicht berücksichtigt wurde, gewann er den Prix Renaudot.

EINIGE WERKE VON LIMONOW

Mes-Gefängnisse, übersetzt aus dem Russischen von Antonina Roubichoi-Stretz, Paris, Actes Sud, 2009.

Journal d'un raté, übersetzt aus dem Russischen von Antoine Pingaud, Paris: Albin Michel, 2011.

Discours d'une grande gueule coiffée d'une casquette de prolo, précédé de Salade niçoise und Écrivain international, Paris, Le Dilettante, 2011.

La Grande Époque, Paris, Flammarion, Coll. « Fiction Etrange », 1992.

Le poète russe préfère les grands nègres, Paris, Pauvert/ Ramsay, 1979.

Le Dos de Mme Chatain (Der Rücken von M. Chatain), Paris, Le Dilettante, 1993.

Deine Meinung ist uns wichtig!
Hinterlasse doch einen Kommentar auf der Seite
unserer Online-Buchhandlung
nd teile Deine Favoriten in den sozialen Netzwerken!

derQuerleser.de

Literatur auf den Punkt gebracht!

www.derQuerleser.de

ISBN digitale Ausgabe: 9782808687034
ISBN gedruckte Ausgabe: 9782808698436
Pflichtexemplar: D/2023/12603/1123

Cover: © Plurilingua
Logo: © Graphicrepublic (Freepik.com) und Plurilingua

Digitale Aufbereitung: Primento, der digitale Partner der Herausgeber.